Pc
réveillons-nous !

Elsa Devernois
Edith

or
on

1. Le jour des catastrophes

Je ne sais pas ce que Noël a de meilleur. Est-ce l'attente du grand jour avec les boutiques décorées et les rues illuminées pendant un long mois ? Ou l'ouverture des cadeaux, même si cela ne dure que cinq minutes ? Moi, j'aime bien les deux.

Mais je l'avoue, ce que je préfère c'est quand même la préparation. Je suis imbattable pour fabriquer des guirlandes en papier crépon de deux couleurs. Et je ne laisse à personne d'autre que moi le soin de décorer le sapin. Pour être honnête, je n'ai pas vraiment de rival à la maison : depuis que Papa est parti, j'habite seule avec Maman dans un appartement en fond de cour. Calme, sauf le mercredi après-midi car la voisine du dessus donne des cours de violon à des élèves pas très doués.

Demain, c'est Noël. Ou plutôt le réveillon de Noël. Nous avons invité toute la famille de ma mère. Nous serons douze en tout. C'est la tradition depuis que je suis bébé : chaque année, tous les cousins se réunissent chez nous. Ils habitent à l'autre bout de la France et nous ne nous voyons pas souvent. Noël, c'est la première occasion de se retrouver après les vacances d'été qui semblent déjà tellement loin. Je suis si impatiente, que je me ronge les ongles encore plus que d'habitude.

– Tu peux aller chercher une baguette ? me demande Maman.

J'enfile mon manteau et mes bottes fourrées. Il fait doux dehors, on se croirait à Pâques. Mais on ne sait jamais, s'il neigeait sur le trajet… On peut rêver d'un vrai Noël sous la neige, non ?

Je descends les escaliers en trombe. Dans la cour, je tombe nez à nez avec la mamie du deuxième. Pas de chance ! Maman m'a envoyée chez le boulanger au mauvais moment : juste quand la voisine rentre avec ses courses.

Je ne l'aime pas beaucoup, cette petite vieille. Elle n'a pas son pareil pour faire perdre un temps dingue aux gens. Quand elle nous croise, il faut toujours qu'elle adresse la parole à Maman. Et Maman se sent obligée de lui répondre. Elles papotent pendant des minutes qui me paraissent des heures. Et moi, j'attends en regardant les aiguilles de ma montre tourner au ralenti. Aujourd'hui, comme Maman n'est pas là, elle s'en prend à moi :
– Petite, tu peux m'aider à grimper mes bouteilles d'eau jusqu'en haut ?

Les bouteilles se maintiennent péniblement en équilibre sur le dessus de son chariot. Je ne peux quand même pas refuser et m'en aller en courant. Elle saurait me retrouver, elle sait où j'habite ! Alors devinez qui remonte deux étages avec neuf kilos au bout des bras ? Moi, Roxane-la-bonne-poire !

Mais le pire reste à venir…

Lorsque je rentre à la maison, ma baguette croustillante sous le bras, Maman m'accueille avec une drôle de tête.

– Mauvaise nouvelle, ma chérie. Tes cousins ont téléphoné. Ils ne pourront pas être là demain. Ils sont malades.

C'est sûr, Maman me fait une blague !

– Quoi ? Ils sont tous malades en même temps ? Je ne te crois pas !

Maman grimace :

– Épidémie de gastro !

Ma réaction est un peu bête :
– Qu'est-ce qu'on va faire de tout ce qu'on a acheté, alors ?

Maman se force à plaisanter :
– Eh bien, on n'a pas le choix ! Bûche matin, midi et soir !

Maman a horreur de gâcher la nourriture. Mais comment faire ? La dinde est trop grosse pour entrer dans le congélateur. Et je me vois mal ingurgiter un saladier complet de purée de marrons, même si j'adore ça.

Des larmes coulent le long de mes joues. Je hurle :
– La vie est trop nulle ! Mon Noël est gâché, gâché, gâché !

Je jette la baguette violemment sur la table et je pars pleurer dans ma chambre, sur cette histoire trop bête de cousins malades.

2. Drôle d'idée...

Maman pousse doucement la porte de ma chambre. Je sais qu'elle vient pour me consoler... mais elle aura beau faire, elle n'arrivera jamais à remplacer mes cousins.

Elle s'assoit près de moi et caresse mes cheveux :
– N'en fais pas un tel drame.
Notre situation n'est pas si terrible, quand même. Tu sais, il y a des gens qui passent la soirée de Noël tout seuls, avec juste la télé pour leur tenir compagnie.
Ça, c'est vraiment triste.

Ce n'est pas le fait de savoir d'autres gens malheureux qui va me rendre plus heureuse !
Je ne les connais même pas…

– Tiens j'ai une idée, reprend Maman. Si on organisait la "soirée des esseulés" ? On a de quoi nourrir une colonie de vacances. On va mettre une annonce à la porte de l'immeuble. Viendra qui veut.

– Oui, mais si on ne tombe que sur des imbéciles ?

– Même si c'est une soirée lamentable, elle aura au moins l'avantage de nous faire rencontrer des gens. On se croise sans cesse dans la cour, mais on ne peut pas dire qu'on se connaisse vraiment. Et puis, il n'y a pas que des gens nuls sur Terre ! Ça vaut le coup d'essayer, tu ne crois pas ?

Je bougonne:
– Oui, mais après si on ne les aime pas, on les rencontrera tous les jours dans l'escalier et on aura fait connaissance pour rien.
– Et peut-être aussi que personne ne viendra et qu'on restera seules toutes les deux.

– Oui, mais si tout l'immeuble vient, on n'aura pas la place et…

Maman m'interrompt :

– Et si ? Et si ? Tu veux qu'on jette toutes les courses à la poubelle ? Tu ne préfères pas tenter l'expérience ?

Raté pour raté, pourquoi ne pas essayer "la soirée des esseulés" ! Je me résigne même si, au fond de moi, je sais bien que l'absence de mes cousins restera une plaie ouverte :

– Bon, d'accord, mais c'est moi qui rédige l'invitation.

– Accepté !

Je m'assois à mon bureau. J'attrape un stylo mâchouillé et une fiche cartonnée. Je vais rédiger un super texte !

3. La soirée des esseulés

Aussitôt terminée, je cours montrer mon œuvre.

Maman examine le carton et éclate de rire.

– On ne peut pas afficher ça à l'entrée de l'immeuble ! s'écrie-t-elle.

– Ah bon ? J'ai fait des fautes d'orthographe ?

– Le problème n'est pas là.
On ne peut pas mettre :

> Vous n'avez pas la gastro, vous n'êtes pas chiant comme la pluie personne n'a pensé à vous en ce soir de Noël et vous n'avez nulle part où aller, venez chez nous
>
> P.S. Que les imbéciles s'abstiennent.

– Ah oui, j'ai oublié de mettre notre nom et l'étage !

Maman me prend par les épaules :
– Il faut un minimum de savoir-vivre, ma fille. Viens, on va refaire le petit mot ensemble.

Maman me griffonne un brouillon que je recopie. Puis je descends le coller à l'entrée de notre immeuble.

Dans le hall, on peut lire :

Si vous êtes seul(e) pour le soir
de Noël, venez partager notre réveillon
à partir de 20 heures.
Nathalie et Roxane – 3ème étage droite

Franchement, je trouve que mon texte était plus direct et plus amusant que celui-là. Mais il paraît que Maman connaît les bonnes manières et moi pas.

Maintenant, il n'y a plus qu'à attendre les réponses. Mais avec une invitation aussi sinistre, il ne devrait pas y en avoir beaucoup. Moi je serais toute seule, je lirais ça, je préférerais encore mieux regarder la télé et manger ma bûchette glacée dans mon coin.

Le lendemain en fin d'après-midi, Maman s'écrie :

– Bonne nouvelle ! Nous aurons deux invitées ce soir.

Mes yeux s'écarquillent d'étonnement. Qui peut être intéressé pour venir partager un réveillon avec deux inconnues ? Je glapis :

– Qui ça ? Qui ça ?

J'ai tendance à me répéter quand je suis impatiente.

– Madame Rochebrune
et mademoiselle Frikaz.

Quoi ? La vieille mamie du deuxième et l'horrible prof de violon ? C'est avec elles qu'on va passer la soirée ? Et Maman appelle ça une "bonne nouvelle" ? Ah non ! Je préfère encore me plonger dans un bon bouquin de deux cents pages au fond de mon lit !

Quand j'en informe Maman,
tout d'abord elle ne me croit pas.
Elle le prend sur le ton de la plaisanterie :
– Très bonne idée, Roxane. On va faire
notre "soirée des esseulés"
chacun dans une pièce.
Comme ça, on sera vraiment seuls.

Je hausse les épaules :
– Tu ne comprends pas que je n'ai pas envie de les voir, ces deux bonnes femmes ? Si Benjamin, Jérémy et Mylène ne sont pas là, je serai incapable de m'amuser. Je ne demande rien à personne après tout. Laissez-moi tranquille dans mon coin !

Je dois avoir l'air effronté
que Maman ne supporte pas chez moi,
car elle me lance d'un ton presque
agressif :
– Roxane secoue-toi, et viens m'aider
à tout préparer. Je veux te voir
dans le salon dans deux minutes !

4. La tête dans les souvenirs...

Moins de deux minutes après,
je plie consciencieusement les serviettes
en papier, et je les place joliment
en éventail dans les verres.
Pourtant, le cœur n'y est pas.
Je ne le sens pas ce réveillon.
Tout me laisse à penser qu'il va être
minable : Maman énervée, des invitées
qu'on connaît à peine, et des cousins
terriblement absents.

Driing !

Les deux voisines arrivent en même temps. On ne fait les présentations qu'une seule fois, c'est déjà ça de gagné !

Madame Rochebrune a revêtu une robe qui a dû être belle en 1950 et mademoiselle Frikaz est habillée tout en noir. C'est sûrement une tenue parfaite pour un concert, mais pour un réveillon de Noël c'est franchement sinistre. Même pomponnées, elles ne me donnent pas envie de faire la fête avec elles. Elles tendent chacune à Maman un bouquet de fleurs. Bravo l'originalité !

Pendant tout le repas, je suis comme ailleurs. Je ne saurais dire si la conversation des adultes est intéressante, je ne l'écoute pas vraiment. La seule chose que je ressens, c'est une atmosphère un peu glaciale, très courtoise, mais sans véritable convivialité.

Ah ça ! On s'amusait davantage quand mes cousins étaient à la maison. Je me souviens de la première fois où Benjamin a mangé des blinis. Il nous regardait comme si on était des imbéciles :

– Eh ! Vous vous êtes fait avoir ! Les crêpes, elles sont toutes petites !

Et Mylène cet été ! Lorsqu'on s'est quittées à la fin des vacances, elle essayait de calculer le nombre de minutes qui nous séparaient de Noël…

J'ai envie de pleurer.

5. L'épreuve des cadeaux

Voilà, le repas est terminé. Il est à peine 21 heures 30. Nous n'avons jamais avalé un dîner de fête aussi rapidement. Et c'est tant mieux parce que je m'ennuie comme une vieille chaussette oubliée au fond d'un tiroir !

J'avale ma dernière bouchée de bûchette. Je racle bruyamment le coulis de framboise avec ma cuillère, histoire de montrer mon hostilité à nos invitées. Elles vont le comprendre qu'elles me dérangent. Elles vont bien finir par partir !

– Voulez-vous que je vous aide
à débarrasser la table, Nathalie ?

Tiens, madame Rochebrune appelle Maman par son prénom. Je ne l'avais pas remarqué. C'est bizarre, quand elle nous croise dans l'escalier, elle nous donne toujours du "Madame" et du "Petite". Peut-être que cela s'est décidé pendant le repas. Je n'y ai pas fait attention. Je n'ai fait attention à rien, d'ailleurs.

C’est au tour de mademoiselle Frikaz d’intervenir :

– Je peux vous faire un brin de vaisselle, si vous voulez !

Quand vont-elles se décider à s’en aller, ces deux-là ?

– Ne vous dérangez pas, sourit Maman. Je mets tout dans la machine. Ça prend deux secondes.

Ouf, sauvée par le lave-vaisselle !

Je me lève pour les inciter à faire pareil. Mais mademoiselle Frikaz a décidé de me pourrir la vie, on dirait. Elle reste assise et propose :

– Si on faisait un jeu ?

« Et pourquoi pas un Monopoly qui dure trois heures pendant qu'elle y est ! Ah non, elles commencent à m'agacer toutes les deux, dans leur imitation de la glu. Je vais leur rabattre le caquet ! » Je lance, avec un sourire ironique :

– Non, après le repas, c'est le moment où on offre les cadeaux.

Elles sont venues sans paquet et elles commencent à pâlir, mal à l'aise. Sans leur laisser le temps de répondre quoi que ce soit, je cours chercher deux cadeaux parmi ceux que j'avais prévus si mes cousins n'avaient pas eu l'idée idiote de tomber malades.

Tiens, le livre de contes pour Maxime, cinq ans, fera l'affaire pour la vieille casse-pieds. Et l'écharpe rose que j'ai tricotée pour tante Agathe sera parfaite pour égayer le costume tristounet de la violoniste.

Quand je reviens, Maman me fait les gros yeux. D'un mouvement de tête, les lèvres crispées, elle me fait comprendre que mon idée n'est pas fameuse.
Je le sais bien. Mais je sais aussi qu'elle n'osera rien dire avec les invitées.
Elle a horreur de me gronder devant les gens. Elle dit qu'elle n'aime pas se donner en spectacle.

Sans plus me soucier d'elle, je plante les paquets dans les mains des deux pots de colle. Elles hésitent, alors j'insiste :

– Allez, ouvrez-les.

Mademoiselle Frikaz rougit à présent. Madame Rochebrune bafouille :

– C'est que… Je n'ai rien apporté. Je ne vous connais pas bien et tout s'est organisé bien tard. Je…

Mademoiselle Frikaz se tourne vers Maman :

– J'ai dû mal comprendre. Je suis confuse.

Maman aussi est confuse. Elle ne parvient qu'à articuler une suite incohérente de formules d'excuses à peine audible.

Voyant que leurs lamentations vont encore prendre des heures, j'aide nos deux invitées à ouvrir leurs cadeaux :
– L'écharpe je l'ai tricotée moi-même, alors elle n'est pas très régulière. Et pour le livre, je crois que vous avez des petits-enfants, madame Rochebrune.

Je ne le crois pas, j'en suis sûre. Je connais sa vie par cœur, elle passe tellement de temps à nous la raconter dans la cour de l'immeuble !

Maman me lance un regard noir. Les voisines me remercient du bout des lèvres. Puis mademoiselle Frikaz dit :
– Je vais faire un saut chez moi et je vous rapporte quelque chose !

Précipitamment, elle se dirige vers son sac à main. Elle n'entend même pas Maman lui dire :
– Ne vous croyez pas obligée.

Déjà, elle prend ses clés et s'écrie :
– À tout de suite !

Madame Rochebrune poursuit :
– Attendez-moi. J'y vais aussi.

J'entends les trousseaux de clés tinter dans l'escalier. Je souris intérieurement. J'ai gagné. Elles sont parties tellement gênées qu'elles vont revenir
avec un petit présent sous le bras
et repartir tout aussi sec.
J'ai bien pourri l'ambiance.
Je suis géniale!

6. Maman voit rouge

— Tu n'es qu'une égoïste, me lance Maman.

Son visage est dur. Des larmes perlent au coin de ses yeux. Sa voix est terriblement posée, froide :

– Tu sais pourtant que les cadeaux de Noël, on se les offre en famille. Ces deux femmes sont adorables et si souvent seules. Nous avions la possibilité de leur offrir un peu de réconfort et tu as tout gâché.

Je joue l'innocente :
– Ben quoi ? Qu'est-ce que j'ai fait ?
– Tu es restée dans ton coin toute la soirée. Pas une fois, tu ne t'es mêlée à notre conversation. Et en plus, tu les humilies. Figure-toi que c'est moi qui leur avais dit de ne rien apporter. Et tu n'as rien trouvé de mieux que de plomber l'ambiance.

J'essaie de me défendre :
– Je t'avais prévenue que la soirée serait nulle, de toute façon !
– C'est toi qui as voulu qu'elle soit nulle. Tu aurais fait des efforts, elle aurait été mille fois plus amusante. Tu ne penses qu'à toi et, le pire, c'est que tu gâches la fête des autres.

Jamais Maman ne m'a tenu de propos aussi sévères. Mais elle a raison. Ces deux dames n'ont rien à se reprocher. Si j'ai été méchante, c'est parce que je leur en voulais de ne pas être mes cousins. Comme si elles étaient responsables ! Je me sens honteuse…

Je m'approche de Maman. Je veux l'embrasser mais, surtout, j'aimerais qu'elle m'embrasse pour me pardonner. Elle me repousse d'une main ferme. C'est la première fois qu'elle me rejette. J'ai vraiment poussé le bouchon trop loin.

Je balbutie :

– Comment je peux faire pour me rattraper ?

Elle me répond sèchement :

– Écoute ce qu'on dit et intéresse-toi à nous. Sois humaine, c'est tout ce que je te demande !

7. Noël... c'est magique !

Madame Rochebrune revient la première. Elle porte un grand sac. Elle en sort des étoffes dorées, moirées, argentées. De pures merveilles.
Elle me les présente :
– Choisis un tissu et je te fabriquerai la robe que tu voudras. Ce sera mon cadeau de Noël pour toi. Tu sais, avant d'être une vieille dame inutile, j'étais couturière dans une grande maison. Ces tissus, je les destinais à mes petites-filles.

Elle avale sa salive avant de continuer :

– Hélas, elles ne viennent jamais me voir. Mon fils habite en Afrique et il n'a pas beaucoup l'occasion de faire de voyages en France. Oh, ça ! Ils me téléphonent, mais ce n'est pas pareil. Je ne vois pas mes petits-enfants grandir.

Elle ajoute, pour se faire une raison :

– De toute façon, ces tissus sont bien trop épais pour les chaleurs africaines.

Elle prend ensuite une voix qu'elle veut enjouée, comme pour chasser ses idées noires :

– Tant pis pour eux, c'est toi qui auras la belle robe.

À mon tour de bafouiller :

– C'est… C'est trop gentil. Je peux vous embrasser ?

– Et comment !

Elle se jette alors dans mes bras et me serre contre elle, comme si j'étais véritablement sa petite-fille. Je me sens un peu gênée. Mais ce moment est d'une telle intensité que je ne suis pas prête de l'oublier.

Mademoiselle Frikaz est plantée sur le pas de la porte, un grand étui bleu à la main. Elle ose à peine entrer, de peur de nous déranger.

– Moi je n'ai pas grand chose à vous offrir, prévient-elle, mais je peux vous faire partager ma passion.

Tout en ouvrant l'étui d'où elle extrait un magnifique violon, elle précise :

– J'ai quitté ma famille après une dispute violente, et j'ai dû arrêter mes études. Je donne des cours de violon, c'est tout ce que je sais faire.

Délicatement, elle visse son archet à une extrémité. Puis elle saisit son violon, y pose son menton et se met à jouer. Ses doigts glissent sur les cordes et l'archet dans

Mademoiselle Frikaz, concentrée sur sa musique, semble partie dans un autre monde. Visiblement elle se régale.

À ma grande surprise, moi aussi. Je pensais être allergique à cet instrument, à cause des grincements du mercredi. Mais cela n'a rien à voir. La pièce s'emplit d'une musique magnifique. Je ferme les yeux et je me laisse envahir par la mélodie. J'ai l'impression que le son pénètre dans mon corps. C'est dingue ! C'est magique ! À la fin du morceau, je ne peux m'empêcher d'applaudir.

– Allez, on fait un jeu, s'exclame Sonia (mademoiselle Frikaz nous a demandé de l'appeler ainsi). Je joue des morceaux, et celle qui reconnaît l'air a un point.

Elle installe à nouveau son violon sur l'épaule et commence à jouer. Elle interprète tour à tour des chansons modernes et des vieilleries du siècle dernier. Tout le monde se prend au jeu et essaie de répondre.
L'appartement se remplit de rires.
Décidément, mademoiselle Frikaz n'a pas son pareil pour mettre de l'animation.
Et le rap au violon, c'est mortel !

Puis Madeleine (madame Rochebrune nous a demandé de l'appeler ainsi) prend le livre de contes que je lui ai offert, et me souffle à l'oreille :

– Viens t'asseoir à côté de moi. Avant d'envoyer ce livre à mes petits-enfants, j'ai envie de te lire une histoire.

Elle lit drôlement bien ! Elle met le ton et elle est irrésistible quand elle imite la vieille sorcière.
Moi, je fais le loup. Mais avec ma voix de gamine, je ne suis pas très crédible. Ça nous fait hurler de rire !

Tout à coup, je regarde ma montre :
– Quoi ? Déjà minuit moins dix !
– Déjà ! répète Madeleine.
À cette heure-là, les vieilles dames vont se coucher…

Elle se lève et prend son sac.
En remerciant et en nous souhaitant “bonne nuit”, elle propose :
– Si vous n’avez rien de mieux à faire la semaine prochaine, on remet ça pour le réveillon du Nouvel An.

Maman jette un regard vers moi.
Je lui souris et réponds la première :
– Si Maman est d’accord, je le suis aussi !
– Mais cette fois chez moi, précise Madeleine.

Puis elle se tourne vers Sonia :
– Et toi, n’oublie pas d’apporter ton violon.

Nos invitées nous quittent ensemble. Je me glisse dans l'encadrement de la porte pour leur dire une nouvelle fois au revoir. Je vois l'écharpe rose de Sonia disparaître dans les escaliers. Ça me fait chaud au cœur qu'elle emporte avec elle un petit bout de moi. Maman entoure mes épaules avec son bras. Elle sourit, elle aussi ravie de sa soirée.

Dans mon lit, un peu plus tard, je repense à nos deux voisines. L'air de rien, elles m'ont fait passer un super bon réveillon de Noël. Différent de d'habitude, mais délicieux quand même.

L'auteur

Elsa Devernois aime inventer des histoires pour des enfants de tout âge et trouve son inspiration un peu partout en regardant vivre les gens autour d'elle.
Elle a signé de nombreux titres dans la collection "Trois Loups" : *Chacun chez soi*, *Droit au but*, *Doudou vole*, *Grosse peur pour Bébé-Loup*, *Une dent contre la souris* et *Mon trèfle porte-bonheur*.

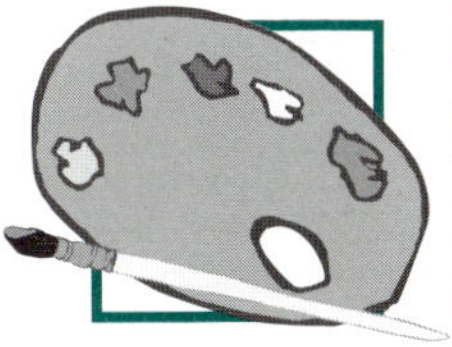

L'illustratrice

Edith est née en 1960. Elle a deux enfants et vit près du Havre.
Elle est auteur de bandes dessinées et illustratrice de livres pour enfants.
Dans la même collection, elle a déjà illustré *Batterie et lunettes noires*.

Autres titres de la collection

Pas touche à mon copain!

Simon est étrange: il ne sourit plus, s'isole et ne répond même pas aux questions de Rémi, son meilleur copain.

Jules le vampire

Cette année, le père d'Erwan a organisé la réunion familiale dans un château fermé pour une histoire de vampires…

Batterie et lunettes noires

Pour s'acheter la batterie de ses rêves, Morgane répond à une annonce de baby-sitting. Mais une surprise l'attend!

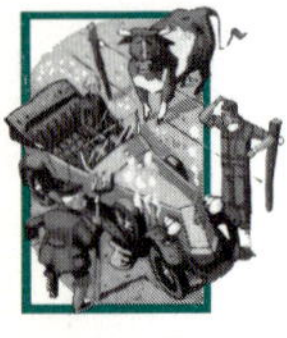

Les Mécanos de la Torpédo

Le père de Flo rachète des vieilles voitures pour les réparer et ne le fait jamais. Cette fo c'est une Torpédo que Flo veut voir rouler!

La sorcière des Cantines

La dame de la cantine est une sorcière, Sarah et Serge se moquent d'elle! Mais la vieille dame a un secret…